一生之城

罗罗 —— 著

中国友谊出版公司

图书在版编目（CIP）数据

一生之城 ／ 罗罗著． -- 北京：中国友谊出版公司，2018.7
ISBN 978-7-5057-4455-4

Ⅰ．①一… Ⅱ．①罗… Ⅲ．①诗集-中国-当代 Ⅳ．①I227

中国版本图书馆CIP数据核字(2018)第174659号

书名	一生之城
著者	罗罗
出版	中国友谊出版公司
发行	中国友谊出版公司
经销	新华书店
印刷	北京中科印刷有限公司
规格	787×1092毫米　32开 6.5印张　240千字
版次	2018年9月第1版
印次	2018年9月第1次印刷
书号	ISBN 978-7-5057-4455-4
定价	48.00元
地址	北京市朝阳区西坝河南里17号楼
邮编	100028
电话	(010) 64668676

版权所有，翻版必究
如发现印装质量问题，可联系调换

电话 (010) 59799930-601

目录

那年风起 …… 1

琉璃心事 …… 67

流云可期 …… 135

如果你要走，
你是否期待他牵住你的手？
如果他要走，
你又靠什么挽留？

再见

轻轻飘落的一片羽毛,
在你心里,
唤起无限涟漪。
他说,你是最美的遇见。
五彩斑斓的阳光,
穿过幽暗的森林,照进你的心田。

时光易老,
等待是一支孤独的舞蹈。
逝去的除了流年,还有誓言。
不轻易牵手,也不轻易说再见。

在内心的深处,藏着你的原乡。
纯净,安然!
蛰伏着美丽的幻想,
只有那里,才是疲倦后的港湾!

也许

窗外,盛开的那棵木棉,
唤醒装睡的眼。
一杯茶,一本书,清凉的慵懒。
安定的悠闲,轻轻品。
也许,生命就该这样缓缓前行。

他说,携子之手,与子偕老。
他说,时间正长,岁月正浓。
他说,不负光阴不负卿。

红了樱桃,绿了芭蕉,老了时光。
也许,美好只关风月,无关誓言。

往往,匆忙与淡定的距离,只是一个转身。
慢下来,可能就是从容的守望。

往往，心与心的距离，中间只有一扇窗。
你在里头，他在外头。
思念跨越山重水复，其实，你的心跳他一直在听。
也许，人生有太多也许。
但，他在，你在，爱在，希望在。
跟着心走，真诚坚定！

梧桐树

繁华的城市,
那间酒吧静静的开在梧桐树下。
秋风吹起,
一地落叶。

一杯苏打水,
却一样能喝出酒的孤独。

繁华渗透每一个角落,
可是谁又是谁的幸福?

每一张热闹的脸,
心间都有不为人知的故事。

沧桑的快乐的文艺的悲伤的,
人生百态,都在夜幕中淡进淡出。

如果你要走,
你是否期待他牵住你的手?

如果他要走,
你又靠什么挽留?

人海茫茫,停停走走。
你又怎么能随心自由?

诗和远方,都是人生的态度。
做一棵梧桐树,
静静地站在门口。
静静地等待每一次回首。

树

一棵秋风中的树,
站在城市的边缘。
秋雨刚过,
留下一地萧瑟。
一如你的心事,
伴随在树叶飘落的那一刻。

你想找的人,
在这个城市的某个窗后,
只是,满心的尘土掩盖了前行的路。

白墙,绿树,乌篷船。
悠悠流淌的河水,
静听陶笛问柳。

古朴的青石板,
走过多少时光。
岸边的每扇门,
推进去都是故事。

没有归期的约定,
默契就像手里的这杯绿茶,
清新淡然,
一如你守候的心情。

寻觅,
不是为了他来,
等待,
只是为了想起青春的模样。

一棵秋风中的树,
孤独地站在路旁。

你好

记得那年的流星雨,
就在这个海边,
绚丽地划过夜空。

你说你有个故事要说给海听。
梦里的她长裙依依,
你漫步在夕阳下。
写给她的信,不知她是否收悉?

海浪抚摸着绵延的沙滩,
最美的期待,是那一抹温柔。
一旦爱上,时间便只剩下荒芜。

踏浪,感受大海的深情。
走过的每一步,都是满怀的思念。
扑面而来的是海风,
和风里捎来的诗。

有多少爱可以重来,

有多少人值得等待。

燕子归时,
春风化雨。
年年月月时光飘零。

依然还是这片蔚蓝海。
蓦然回首处,
她笑意款款。

月光洒下满地深情,
嗨!
大海,你好!

路

这条路,
通往未知的前程。

那年,
路边的山更绿,水更清。
那年,
我们的心里揣着彼此的爱情。

你说,
他是天上最亮的那颗星星。
无论你走到哪里,
他都照耀着你。
然而,你却忘了,
星星总是那么遥不可及。

如果这条路真的通往爱的国度,
又何必担心山高水长?
美丽的童话在一望无际的天边,
像掌心一样接近。

羡慕你敢爱敢恨的勇气,
曾经的你,
总是风尘仆仆的上路。
你说：心中有爱，无所畏惧。

我相信,
你一定能遇到最美的爱情。
在路上,
岁月如歌,
边走边唱。

大山

阳光透过竹林,
照在山间小路上。
斑驳的光影,一如岁月老人的脸。

为了曾经的一个誓言,
你跋山涉水,来到这里。

青山绿景,白云相望。
泉水叮咚。
悬崖上长着一棵树,
每一片绿叶都努力向阳。

你想摘下最绿的那片叶子,
带着阳光的味道。
做成饱含深情的书签。
夹进少年时的日记里,
伴着青春的文字,
见证初恋的美丽。

春去秋来，
时光轮转，
历经沧桑的大山，
依旧保持伟岸的身姿，
接纳着每个深情的人。

大山静静聆听你的故事，
如歌的山风吹过。
大山说，
爱是平等的守望。

默

我
用大半生的奔忙
换来片刻
与你对坐的凝望

时光如炬
回忆倾泻如注
斑驳的篱墙
在等待里低吟浅唱

纵有繁花千里
终敌不过一纸苍凉
泥墙 木窗
光影的夕阳
诉说着沉默的过往

我
不急不慢
静静聆听你的传说
点一盏油灯

读你写满沧桑的眼波

静止　时间驻足
不知来路
莫问前程
用心守候一段旧时光

往事

时光磨盘转个不停,
没有起点,
也没有终点。

打开尘封已久的书信,
读不懂我们的青春。

越过山丘,
依然是迷茫。

树上掉落的树叶,
层层叠叠,
铺着不平的山路。

一叶知秋,
可是,
谁又知道叶子的心愿?

往事,

是一叶远行的小舟，
已消失在海平线。

没有暴风雨，
停不下的只是，
内心的壮阔波澜。

你说：爱一个人好难。
爱，
从来就不是件容易的事。

多少山盟海誓随风而逝，
唯内心浪漫不死。

在晚风中，
写一封信。
祈祷岁月多情，时光不老。

你的花园

孤独的老树已经没了叶子,
弯曲的枝桠写满沧桑。

我用半生的时光寻你,
翻越万水千山,
依然走不出天涯的无尽苍茫。

岁月是一口枯井,
早已告别满园春景。

如断壁残垣,
你栖息的地方,
再无青春的颜色。

时间未必能证明很多,
但,
一定能看透漂泊。

天若有情天亦老。
心已然荒草丛生。

窗外,大雨如注,
你推开花园的门。
温柔地说:
可一切安好?

清泉,
流过心田。
唱着过尽千帆的歌。

曾经

听着你最爱的歌,
一遍又一遍。
曾经最美,
是那深情的目光。

鼓浪屿上,
开着丁香花的小巷。
爬满石头墙的思念,
如你浅浅的笑。

一起读一本书,
岁月静好。
海风轻轻,
扰乱你温柔的心跳。

你说:
陪伴,是最长情的告白。
丁香花在阳光下,
暖暖的绽放,

说着迷人的情话。

时间偷偷溜了,
只剩下那首动人的歌,
一遍一遍地唱。

驿站

那年秋天,
同样萧瑟的风。
我来过这座城市。

老街还有梧桐树,
依然默默守望。

秦淮河畔的船桨,
伴着古琴悠扬。

多少爱恨,
风月时光,
都已随风散尽。

王谢家的燕子,
早已遗失了翅膀。

传颂千年的不朽,
金戈铁马或者海枯石烂。

越深沉,越久远,越孤单。

流浪,
是心的漂泊。
每一个陌生的地方,
都是人生的驿站。

来了,走了。
有人只记住你的样子,
有人在用生命陪伴。

夜色阑珊,
南京南,
山外山。

遇见

为了和你的这一次遇见,
我走遍海角天涯。

鲜花绽放的年华,
你我牵手春天和盛夏。

你说:
深秋的爱意,
是有梦的人才有的憧憬。

山与海相恋,
如每一个沧桑的轮回。
空气中,满满是酸楚的思念。

岁月在银河中流淌,
美好的时光总是太短。

你说,
即使夕阳西下,

有你陪我一起看晚霞。

或许，
明日黄花不再，
爱已水复山重。

我们仍旧怀念，
那每一次遇见。
无论现在或从前。

忆

那年,夏天。
夕阳醉了,
迷恋上这面老墙。
叶子在微风中起舞,
摇曳一地芬芳。

阳光与空气的呢喃,
诉说着那段美丽的童话。

那年,夏天。
你的单车飞驰过我身旁,
清脆的铃声在耳畔飞扬。

你的笑,
洒下一地温暖。
那一刻,
全世界都黯淡无光。

目光交融,
脚步慢了,

时间凝固。

或许,
青春的太阳,
总是热烈而轻狂。

或许,
年少的时光,
总是过得漫长。

我们拼命追着理想,
一路向阳。
却在奔跑中迷失了方向。

那年,夏天。
我们说好不见不散。
却分手在人海茫茫。

那年,夏天。
我们不懂爱情的模样。

繁花

流年,似锦。
青春如期而至。
在岁月的长河边,
种一棵相思树。

绿意绵延,
是生命的温柔诉说。
灿烂斜阳,
独爱繁花一枝。

树的生长,
是天与地的遥远旅行。
举目仰望,
即使满天繁星,
还是无边的寂静。

思念,是内心的独处。
河水静静流淌,
带不走树的期盼。

春天到了,
等待,如藤蔓缠绕。
一树繁花,
一树春光。

树与花,
春与秋,
日月与星辰,
相伴相守。

你们的故事,
光阴带不走。

你的笑

灿烂如春,
是向日葵的笑脸。
绽放的刹那间,
万物生辉。

带着情怀出发,
追逐心中的梦想。
行者无疆,
奔跑在路上。

你燃烧着激情,
对着森林召唤。
鸟儿欢唱,
路边的鲜花怒放。

阳光洒进丛林,
点亮我们的黑暗。

彼岸花开，
一路芬芳，
绵延不断。

你迎着朝阳的方向，
翻山越岭，
矢志不移。

一群人的狂欢，
是你的终点站。

人们被你的笑深深感染，
手牵手，
相依相伴。

你的爱，
驱散一切艰难。

秋去冬往，
我们一起走到幸福的彼岸。

大地苏醒，

四季长青,
阳光普照。

春风十里,
十里春风,
不如你的笑。

柔软
的
时光

娉婷少女的衣裙,
在大漠的秋风里,
轻舞飞扬。

日盈月衰,
平静柔和的长河里,
愿你做世间那道纯洁的风景。

风随心动,
每一次转身都是美丽的赠予。
世人侧目,
你那孤傲天成的身姿。

你的眼波在秋风中,
平静如一面湖水。
没人读懂你的深沉。

诗与书充盈的内心，
回首处，都写满风情雅致。
每一步，都走出花香鸟语。

孤独，不是形单影只，
而是内心空无的寂寞。

心有乾坤诗与画，
以梦为马走天涯。

时光不老，
岁月翩跹。
陪你一起寻找世事美好。

花开，
一眼万年。
满目荒芜的面前，
遇见，
时光的柔软。

曾经
的
爱情

夜晚来得那么突然,
点点繁星布满了天空。

最爱窗前那棵木兰,
在夜幕的剪影里开得那么灿烂。

行走异乡,
一个人的月光。
伴着静谧入眠。

黑暗骑士经过这里,
捎一封问候的信,
是你熟悉的字体。

你的气息扑面而来,
突然泪如雨下。
思念是蛰伏的痛,

原来一直在。

告别的那一天,
我们约好只道珍重,
不说再见。

最动人的回忆,
是无论走遍海角和天涯,
不经意间嘴角的笑意。

时光荏苒,
容颜易老。
年少的爱情读出永恒。

曾经沧海,
逝去的青春,
伴着夜色朦胧,
慢慢寻觅。

记忆

老唱片里的歌,
唱着岁月如梭。

在陈旧的相框里,
看到年少的自己。

与你同框,
记忆的碎片,
拼成温馨的画面。
像一部黑白电影,
回放在眼前。

记忆是洗不去的墨渍,
多少伤怀或甜蜜的时光。
总在不经意间想起。

妈妈的吻,
爸爸的背影。
还有他的微笑,

和第一次心动的味道。

一片叶子,
一封情书,
一整个青春的诗。

记忆是怀旧的心,
美好或不美好都不重要。
即使是痛,
也是酸涩的心动。

人生是一列前行的火车,
我们背着记忆往前。
走走停停,
到达每一个新的起点。

很多人很多事,
消失在身后的铁轨。
有的忘却,有的偶尔想起。

记忆,是无法重来的经历,
绽放着真诚的美丽。

沙画

美好
忘记所有心跳
挥不去
黑夜般黏稠的思念
从白色的裂缝渗透

挥手告别
以固有的姿态翻开心扉
流淌的时光记载着欢乐
如断线的珍珠一地散落

你虚掩的睫毛
静静地记录这片荒芜
读一段记忆的碎片
呵一口白气　轻轻驱散

失之凄苦
轻易击碎拥有的欢悦
这片刻的灼烧

留下的烙印一生缠绕

当窗外的风景渐渐黯淡
你轻轻关上了门
故事落幕时
你打开的　只是寂静

静谧
的
时光

摘一片枫叶,
解读秋天的秘密。
伸展的叶脉,
生长成金色的柔情。

做一张书签,
叶子成熟的芬芳,
渗透进诗篇。

于是,
文字带着香气,
跃然纸上。

在秋天的景致里,
淡泊安然。
清风徐来,
梦里花开。

夜晚悄悄来临,
飞鸟归巢。
在沉寂的迷离里,
星光灿烂。

读一段静谧的时光,
品一杯茶。
轻轻地打开梦里的窗。

长夜

弯月,在冬季的夜空中浅笑。
月明星稀,
清冷的晚风,轻抚着树梢。

一条孤独的河,
在月色朦胧里寻找远方。
河水融化了月光。

惆怅,莫名。
说不出的哀婉,
如挣不脱的网。
越用力,越悲伤。

安静的夜晚,大地沉睡。
寂寥的人依然清醒。
往事如烟,过往是过滤不掉的灰尘,
蒙蔽了你的眼。

树和树影,叶子和晚风。
一种寂寞陪伴另一种孤单。

月光皎皎,
怜悯地看着大地。
云朵也沉默地躲藏。

陈旧的故事,配着酸涩的酒。
长夜漫漫,长路漫漫。
无助的心一路漂泊,
没有停泊的地方。

河流向北

第一次见你,路边的灯光幽暗。
护城河的水静静流淌。
灯影下的你,低头沉思。
朦胧的光影落在你的发梢,
心弦在那一刻拨动。

沉默的小镇,
浸透着花香的街口。
手中的茶散着温暖的气息。
就这么安静地坐着,
安静地看你。
这一刻,时间也仿佛静止。

没有星星的夜空,
世界显得那么静谧,
能听到的只有你轻柔的呼吸。

河岸边的杨柳，在晚风里摇摆，
想停下来听我们的故事。

心灵相通的时光，
随河水一路向北。
流年似水，却带不走四季。
春夏秋冬，周而复始。
陪伴，是安定的承诺。

河岸寂静成一幅水墨，
里面的诗就是你的目光。
灯影疏离，守着你的梦。

那年的情书

悦耳的琴声随风飘落,
我站在窗下静静聆听。
在每一个夕阳西下,
和沉醉如诗的傍晚。

温暖的晚霞洒着诗意柔和的光,
我对着天边的云梳妆,
你的琴声就是爱的翅膀。

想写一封信给你,
打开信纸的那一刻,
却不知如何说起。

那一天,
你微笑着与我擦肩而过。
我以为我遇见了爱情,
像年少时期许的一样。

目送你转身的背影，
突然明白了心痛的味道。

你十指弹奏的悠扬，
是世间最美的天籁之音。
你熟悉所有曲里的音符，
却不会明白我的心。

想写一封情书，
心中千言万语，
却无从诉说。
对着夜空中满天繁星，
一遍遍的落笔：
嗨，还记得我吗？

年轮

树叶遇见泥土,
是落叶归根的心愿。
鸟儿飞向蓝天,
是梦想展翅的喜悦。

有的人一眼万年,
有的人相对无言。
世间所有遇见,
都是三生石上的缘。

用心心相印的情愫镌刻的年轮,
在牵手相伴的路上走出一路芬芳。
往事如风,追着岁月。
我们带着不倦的向往,
向爱的世界奔跑。

年轮,一圈又一圈的刻画。
淡了思念,浓了忧伤。
时光荏苒,收割与青春无关的深刻。

所有坚强的羽翼丰满，
都是曾经累累的伤。

痛过，才更懂当下的安然。
在最好的年华，遇见最好的爱情。
在时间的年轮里，一步步走下去。

过去

想起,第一次见你。
天很蓝,草很绿。
那时,满树的凤凰花,
衬着红屋顶。

盛夏的风追着青春飞扬,
大海,夕阳,
我们牵手走过的沙滩。
绵延不断的海岸线,
就像我们的爱情。
那时的我们,天真地以为,
这就是一生一世。

以前很多事，都刻在脑海里，
挥之不去。
记得你第一次给我写的信，
记得草地上看满天繁星，
记得我们看的第一场电影。

我想过一万种与你再见的场景，
梦里，偶遇，或者刻意。
却独独忘记，
人生的错过就是失去。

从前就像遗落在清晨的露珠，
太阳升起，就不见踪迹。
过去是人生的成长礼，
走过从前，不能再见，也不用怀念。

结局

微风吹响一树叶子。
在树叶的轮廓里,
看见整个寒冬。

昨夜,一场雨,
淅沥而来。
洗礼后的树枝,跳着轻灵的舞。

鸽子掠过长空,
留下云朵独自孤独。
天高云淡,
没有人从视线里经过。

时空的车轮碾过灵魂。
每次相逢,
都带着喜悦的痛。
我在黄昏里与你邂逅,
相见太晚,
思念无处安放。

那只鸽子和那朵云擦肩而过，
金黄的叶子听见云朵的哭泣。
错过，是无言的结局。

记忆
的
碎片

小雪到来,春天就近了吧
记忆里的三月没那么遥远
昨天的情话,还留在芙蓉湖畔
在杨柳依依的水边里栖息

初恋是一部读不完的书
青春是那段我们分不清时节的岁月
那里,花正红,树常青

记忆是一圈一圈的年轮
除了沉默,再也唱不出歌来

青涩的爱,除了天晴
偶尔也下几场雨
爱还是喜欢,我也分不清

不愿回到从前的人,是我

想探究爱情真相的，也是我

月朗星疏，我望着满天沉云
记忆就像老电影
凌乱的碎片飘过
爱恨离别，原来都是前世的重写

说好的

夕阳爬上西窗
暖了书房
桌上的书,翻到一半
不知故事将要怎么讲

你迷恋的馨香
从桂花树飘落
在房前悠悠荡荡

草树斜阳
带着花香一同跃进
你的心窗

这一秒
溜走了旧时光
金色洒进日子
那是你和我说好的
沉醉如诗
飘逸清扬

满月

把云做成月的纱裙,
月亮的羞涩遮不住。
把我的黑夜放进你的眼眸,
我的月亮就成了你的月亮。

氤氲渺渺的夜,
朦胧把世界填满。
多少行走黑夜的影子,
浪漫或悲伤。

月色将大地深情拥抱,
无论人间天上,
满月是所有团圆的期盼。

孤独是一个人的狂欢。
云遮住月,
夜更加黑了。
只剩下,
一个人的世界,

一个人的热闹。

云托起月的轻盈,
仿佛嫦娥的一支舞。
几万年的期许,一曲伤心,
少有人听。

来过

走在林荫道上
空气里流动着深冬的气息
冬天不一定低沉灰暗
也有青春的生机盎然

银杏树的叶子漫天飞扬
落在草地上
一地金黄
红透的枫叶
伴着长青的柏树
画出明亮

人们忙忙碌碌
散步的老人
赶路的学生
在树下看书的姑娘
尘世的繁杂掺进童话
美得热闹真实

风来过
天边的云来过
花来过
我来过
怀旧的青春来过

一起的时光

谁的名字叠成幻影
落入你的眼睛
那年三月　落英缤纷
一地风华
揉进春天的光景

谁动了时间的钟摆
日子总过得太快
落花岸夕阳无限
读不透　心事无边

谁的笛声悠扬
和着曾经一起的时光
说不尽的离愁
一曲离歌　一杯忧伤
酒入愁肠　曲终人散

谁在梦里摇醒沉醉的心
把星星的璀璨折成幸运
放进你的手里
每一颗都是沉甸甸的思念

谁忘记了一起走过的路
在翻过的山头止步不前
望着远方苍茫
迷失了前程

谁遗落了曾经许下的诺言
弄丢了一起出发的爱情
带着失落的伤感
走走停停

谁拾起流年的花瓣
撒进春风十里
一路飘香

悼念

远处的山
沉默
路灯忽明忽暗
黑夜吞噬了昼的光

是谁独守寒窗
等皎皎的月光
相寻旧梦
融化了浓郁的片段

离别的时节
霜浓露重
昨日的欢颜
掠起一世眷恋

记忆的开关
开启世界的忧伤
夹着淡淡的欢乐
托起梦的风帆

把追忆作春芽
栽一棵相思树
轻轻抱起曾经的梦想
揉进永远的悼念

琉璃心事

LIU LI XIN SHI

七色的花在月光下褪去
你渐渐微凉的肌肤
俯身用燃尽的日落
画上沉默

边界

为那棵树而来,
静静守候一个晨夕。
落日的余晖,
勾勒出枝桠的光芒。
树荫下,
是你轻轻的身影。
如果没有朝露,
何来去日苦多?
如果没有你的眼神,
何来的顾盼生姿?
没有风动,
只有树影微微起舞。
你问我,为什么在这里?
我说,因为你会经过!

旅行

今晚,可能梦见去旅行,
那里,有月亮和星星。
岁月的银河系,
都是匆匆忙碌的身影。
没有人抬头看看天。
无节奏的步伐,踩着世人的名利场,
走个不停。

好想歇歇,
但是,追赶的人潮就像大海的漩涡。
分秒间,你就迷失了自己。

今晚,应该会梦见去旅行,
那里有古树、青藤和凉亭。
就静静的坐着,
不说话。
摸索着自然的斑驳记忆,
仿佛找到内心最深的皈依。

旅行,是一副治心良药。
在路上,慢慢找。
找那份宁静,
那份清明,
那份安定。

今晚,梦见去旅行。

街头

迷失在陌生的街头,
红灯绿灯,向左向右。

秋天的风,
卷起满街的繁华,
还有内心的寂寞。

茫茫人海,来去匆匆。
在别人的世界里,
你只是一个模糊的过客。

无论,路上红尘几许。
总有那么一个地方,让你心动。
也总有那么一个人,让你心痛。
留恋不已,
刻骨铭心。

他说:在乎在心里。
但是,你想要的往往只是一句"我爱你"。

在意，是一杯咖啡。
闻着香，喝着苦。

十字路口的咖啡厅，
安静地开在街头。

天籁

你是上天送我的礼物。
踩着七彩祥云,
来到我面前。

你调皮的眼睛里,
都是我想要的欢喜。
你说:跟我走吧。

朝霞满天,灿烂了一路风景。
好想,就这么被你牵着手。
无论前方荆棘还是鲜花满路,
你说:放心,有我在,一直在。

最美的天籁之音,
打开那扇荒凉已久的门。
花园里杂草丛生,
却透着生气野蛮生长。

想种上满园的百合,

枕着音乐，
伴着风，轻轻和。

在那彩霞满天的日子，
你来到我身旁。

深夜

夜深了,
听着窗外雨打芭蕉。
秋意渐浓,
突然想起那一年的窗。

年少轻狂,
也曾豪气满怀写意江山。
少女多梦,
也曾有对完美爱情的想象。

我们想要的人生,
点点滴滴都洒在窗外,
留在雨里。

梦想与现实,
是逆水而行的两艘船,
时过境迁,
渐行渐远。

爱过的人,有过的梦。
就如秋风落叶,
飘落一地。
偶尔被风卷起,
都是最深的失去。

谁的人生不迷茫?
谁的青春不忧伤?
岁月如梭,白驹过隙,
只能彼此道一声珍重,
带着清醒的悲欢,
一路前去。

也许

月亮睡了
星星偷偷跑回大地

那时花开
芬芳一地

忘却时间的世界
只剩下呼吸
耳畔的诗
优雅的吟唱
悠远绵长
像走过千年的期许

一起躺在草地上
陪着星星
听冬天的故事
安静地老去

也许

世间所有美好相遇
都是久别重逢的欢喜
微醺中
目光所及 灯影疏离

等待

朝露唤醒路边的野花,
阳光煦暖。
或许,
大地还未苏醒,
透着慵懒的气息。

耳畔传来的歌,
那么熟悉,
仿佛那年你为我谱的曲。

我试图用脚步丈量你离我的距离。
却发现,早已遥不可及。

你说,
你一直在那里。
我一直在你心里。

然而,
世上最近也最远的距离,

就是那句"有你"。

等待如果开始得太早,
爱,依然会走掉。

你来或不来,
我依然在凤凰树下,
等你。

时间

天上的星星静静睡着,
在月亮身旁。

四季绵延,
没有你的时节,
满世界都是秋色。

岁月不请自来,
青春不告而别。
时间,
在那一天拆散了我们。

握不住你的手,
就像没人能握住时间的沙。

十字街头的落叶,
在地上没有方向地盘旋。
爱与誓言渐行渐远。

你走过的街，
我绕了一圈又一圈，
却总是等不到你出现。

人生，
注定是一场失去。
你说，
时间就是用来忘记。

但是，我无法停止
对你的思念。
有你的地方，
才是我心灵的归处。

雨

大雨淅淅沥沥，
湿透了你的心。

打着伞，
步履艰难。
一片片秋叶飘落，
渐入红尘，
被碾压成忧伤的美丽。

车水马龙的世界，
都是忙碌的身影。
没人停一停，
陪你听一听雨。

总是太匆匆，
忘记了梦想的样子。
其实，
雨也可以下得绚烂多姿。

你用什么颜色看世界，

世界就是什么颜色。

一路奔跑,
无论是否艳阳高照。

前面的风景在等你,
如诗意的栖息。

窗外,此时。
大雨,下个不停。

一生之城

我站在一望无际的荒原,
等你,
怀着无尽的期待。

我守在如诗如画的云海天边,
盼你,
坐看花谢花开。

天空与大地,
相守万年。
爱,亘古不变。

朝去夕来,
徐风落日,
不带走一片云彩。

一次不经意的眼神，
或许就注定了生生世世。
山川风雨，
你我便在这天地间惺惺相惜。

一见钟情，
就一生相许。

如果爱是一场修行，
前方一定会有人等你。
万物星辰，
都是路上的风景。

一生之城，
只为一人开。
一生之恋，
只等一人来。

黑暗

黑色的天空,
没有月亮和星星。

大地沉睡,
仿佛没有呼吸。

呼啸而过的寒风,
是远山的呼唤。
可是,没有哪条路可以前往。

大海也在黑色的深夜中,
不安的激荡。
无论你往哪突围,
都逃不出夜的荒凉。

礁石像怪兽,
吞没你仅有的理想。
赤着脚狂奔,
寒冷排山倒海地扑来。

你想大喊,
对黑暗说不,
却只能发出无声的哭泣。

泪流满面,
心碎成一缕缕。
仿佛永远挣扎不出束缚的茧。

想抓住一棵救命稻草,
却发现一无所有。
除了呜咽的浪潮,
来了又退去。

无尽的黑,
找不到一线光亮,
海与天无边无际。
寒冷什么时候过去?
太阳什么时候升起?

水莲花

梦里那朵水莲花,
长在天之涯。
那里四季如春,
风景如画。

昼夜是光阴的门,
每一寸都是矜持。

你吹着箫,
守着岁月静好,
看着每一个日出日落。

青春是一场告别,
花期是浓情的谢幕。

风吹着采莲曲,
缓缓而至。

那是水莲花的爱情故事。

花儿绽放。
你和她的传说,
伴随湖畔的歌曲,
几经流传。

星星点点,
盛夏晚晴天。

水莲花,
开在天之涯。
相约,
最美的誓言,
最美的当下。

当你累了

鹅卵石铺的小路,
延伸到坡顶,
路的尽头是看不见的风景。

路两旁,
斑驳的墙,
还有那三角梅肆意张扬,
色彩斑斓地绽放。

用指尖触摸墙上的每一块石头,
寻找你曾经经过的痕迹。
磨平的青石板,
邂逅来自久远的时光。

野草陪伴青苔,
随风生长,

迎接每一个路人，
来来往往。

我努力地寻觅，
仍然感受不到你的呼吸。

心倦了。
燕子南飞，
何时是归期？

披星戴月，
忙碌的人熙来攘往。

当你累了，
就在路边看看夕阳。

当你累了，
这里还有宁静的风。
岁月如梭，
吹过一首首离歌。

相逢

为了望你一眼,
岁月雕刻成了永恒。

如果我们再相逢,
时隔经年,
你是否还记得我的模样?

苍茫的天涯,
披着历史的风沙。
在时空隧道,
久久徘徊。

古寺的钟声,
打破深山的宁静,
却敲不开那扇门。

离别的秋天,
风霜染红了树叶。
落霞是星空的依恋,

唱一首等待的歌。

多少故事躲在屋檐下，
用静默，
轻轻地诉说。

秋意，深深。
写一首追寻的诗。
滚滚红尘，
思念随风。

如果再相逢，
心已苍凉，
你是否还是爱我的模样？

清尘

你从远古走来,
披着朝露,
踏着离尘的步子。
不经意的眼眸,
流露着深深的眷恋。

用刻骨的思念,
抒写一段多情岁月。

飞鸟掠过天空,
用心聆听云的心跳。
云彩爱上春雨,
给了一个惊心动魄的吻。

每一个美好的开始,
都充满喜悦。

然而,
爱和失去,

永恒地存在人世间。

走出森林的木栈,
走不出尘世的得失无常。

尘归尘,
土归土。
爱恨离别都是修行的苦。

我在等待中孑然孤独,
只为前世心的期许。

缘分是命运的轮回。
前世今生,
等你,
是我的必经之路。

大漠

七彩的石头，
静静躺在戈壁滩，
闪耀着绚丽的光芒。

绵延的沙漠，
一望无际。
讲不完的美丽传说。

大漠的星河，
流淌在我们的头顶，
仿佛伸手可得。

我们背着月亮出发，
喊着号子，
走向大漠深处。

天亮了，
月亮害羞地躲起。
我们看见，

升起的朝阳。

行走在戈壁上,
暖暖的太阳,
把我们的影子拉得好长。

我们用双脚,
丈量历史的沧桑。
我们用心,
和自己的心灵对话。
我们用灵魂,
感悟生命的顽强。

忘记了里程,
忘记了昼夜,
只有前行的方向。

一路追寻,
我看见你的身影,
坚持而果敢。

你在和大地讲述你的梦想。

每一步,
都是坚定的力量。

你从大漠走过,
带着风沙的苍凉。

你真诚的脸庞,
感召着一群人携手前往。

你说,
走过大漠茫茫,
前面的风景更宽广。

你的眼,
写满爱和理想。

——此诗赠予好友广威
纪念创投戈壁徒步第二届挑战赛

日出

在深邃的梦里写一首诗，
清晨，
理想遗落在梦里。

太阳，冉冉升起，
地平线勾勒出一道风景。
暖阳，照耀着金色年华。

轻轻抚摸，
沙漠是大地的外衣，
温暖着年轻的心。

层峦叠嶂的远山，
托着漫天灿烂，
抒写朝气蓬勃的生长。

黎明的前夕，
静静守着圆日倾城。
天空，

晕开了浓淡相宜的绚丽。

大地感动了,
伴着日出,
跳一支壮阔的舞。

暗河

暗恋,
是条地下河。
在黑暗间,
孤独地静静流淌。

世间多少繁杂的脚步经过,
你和河的故事,
都没人听说。

你的笑,
和煦如春。
温暖过冬季的脸。

我带上我的全世界,
从你身边走过。
只为离你的呼吸近一点。

最远的思念,
是你就在我身边,

心却离我那么远。

咫尺天涯,
爱是心里苍老的画。

你的身影,渐渐远去,
走出了我依恋的眼。
猝不及防,
心痛排山倒海。

我默默地许愿,
让你听到河流的声音。
上帝叹息着转身,
世间山太高水太远。

爱与不爱之间,
差的往往只是一眼。

我看着你,
你看着远方,
相对无言。

心锁

夜,沉默不语。
只有此刻,
我百分百属于自己。

忙碌和繁华都沉寂了,
世界等来平静。

窗台上的藤萝,
伴着朦胧的月光,
悄然生长。

极致的喧嚣,
和白天的热闹,
都归于平淡。

黑夜是梦境的传说,
我们总想寻找心的蹉跎。

脱下坚强的外衣,

躲藏在黑夜里,
赤裸着真实的脆弱。

思念蔓延,
顺着黑夜的墙垣。
点点滴滴,
爬进心里。

你的名字跳跃在黑色的幕布上,
重重叠叠,
交织成心痛的网。

爱是黑夜做的锁,
只有对着冰凉的空气说。

白天不懂夜的黑,
就如你不懂我的世界。

在乎,
是打开心门的钥匙。
你四处奔波,
早已遗落。

黑夜,
适合慢慢品味那深刻的痛。
守着夜色苍茫,
等待东方升起的太阳。

深深

冬天安静地等待一场雪
大雪未至
全世界寂静
徐风传来最甜美的诗

耳畔的旋律
在盘山路上缠绕
洒下一路欢笑
阳光跳跃在树梢

时光深蓝
暮色中古榕剪影萧瑟
仿佛一首老歌
流着泪唱着夜的深刻

思念是一座空城
风沙过往　荒草丛生
站在离别的车站
目送中　你笑意深深

归处

千万年风沙，
铸就的绝美诗画，
轻轻为你打开。

翩翩起舞，
顾盼生姿。
在苍凉肃静的边城，
吹奏一首悠扬的曲。

多少古今浪漫，
都化作风雨。
讲不完的壮丽传奇，
已随风逝去。

你站在浩瀚的天地间，
默默无语。
你纯净的脸，
写满期许。

历史向你走来,
带着不朽的爱,
走进你深邃的眼神。

风从古城吹过,
尘土飞扬,
吹不散的岁月沧桑。

回首千年,
无论多么璀璨夺目,
终究归于尘土。
惟心里的那首诗,
才是永恒的风景。

飘然走过红尘,
只求浪漫一生。

向自由而去,
却不知归处何处。
风沙不尽,
时光深沉。

想写一首诗

想借一场雨
湿润这干燥太久的院子
春天太短暂　被遗忘的土地
渴望一场旖旎的遇见

想抛下沉重的外壳
那只远行的蜗牛
是否经常躲进屋里
默默哭泣

想回到从前
如无数次的午夜梦回
那无数次甜蜜的梦里
没有伤痛的初恋

想写一首诗
写下溪水长流和潮落潮起
写下心灵的平静和慰藉
写下前行的梦想和爱着的你

离别

午后的街头,
冷冷清清。
一个老人牵着她的狗,
缓缓地走。

我在每一棵树上作下标记,
朝的方向,
是你远去的身影。

离别的车站,
总是熙熙攘攘。
牵挂就像断了线的珠子,
满地狼藉。

是盔甲,也是软肋。
爱,是猝不及防的伤。
老了岁月,
沧桑了时光。

不愿分别。
路,带走了你的影子,
带走了我的心。

你的背影消失在拐角。
突然间潸然泪下,
心痛得无法呼吸。

在日历里数着你的归期,
默默无语。

在离别的街头,
等你。

七夜

我向冷月借一盏灯
夜里风起的水边
你深如天空的眼眸
繁星溅落

掬一捧深秋的寒冷
扑面而来的惊觉
被窗棂拉长的身影
我的沉思

落叶失去了思考
疲惫地告别
梦游的野鸭泛起轻舟
隔岸相思

七色的花在月光下褪去
你渐渐微凉的肌肤
俯身用燃尽的日落
画上沉默

日子沉睡
落日燃尽的水边
你走后 第七夜

见字如面

读书,研磨,
写长长的信。
以前的人把日子过得很慢。

诗意就在每一个缓慢的时刻,
慢慢铺开,
优雅地散在角落。

愿留在这样的时光里,
一生只爱一个人。
所有的时间都用来思念,
用思念写成一首首的歌。
河流山川,日月星辰,树木芳华,
世间万物,都是寄托。

夜深人静,趁着朦胧的月色,

点一盏柔和的灯。
打开信纸，
写道：
见字如面。

执念

清冷的十二月来了,
迈着固执的步子。
寒冷的冬季能使白昼窒息,
夜,冷酷彻底。

离你的距离,如低云。
似近在咫尺,却遥不可及。
时空拉长了思念,
却在转身处丢了约定。

世间每一份执念,皆因爱而生。
每一次失去,也因爱得用力。
你的爱,就如手中沙,
握得越紧,流失越快。

千种欢声笑语,终不敌一声叹息。
爱的守望,是煎熬的内心。
在冬日恋歌里,呼唤暖阳。
只有心中的爱
才晴暖如春。

四季如风

春天的风,
掀开夏日的雨,
裹着秋的落叶,
走进冬季的苍茫。

四季像善变的孩子,
躲进起伏却丰满的时节。
岁岁年年,
欢喜满天。

四季是造物主的使者。
一季春光,一季盛装。
一季欢愉,一季忧伤。

四季是生命的窗,
每一扇,都是不同风景。

四季如风,
带着不惧结局的果敢和洒脱。
对全世界说,
我爱你,生活!

木槿花

昨夜,梦见木槿花,
瑟瑟地落在屋瓦上。

风雨交加,
花瓣华丽地凌乱一地。
我呆呆地看着,
想找到完整的那朵。

第二天,天朗气清,
我找不到梦里的花。
灰暗的屋顶,停着两只麻雀。
它们好奇地看着你,
从不在意你的梦境。

我想用木槿花做一串风铃,
挂在向阳的窗边。

花儿随风飘荡,
散落满屋的生机。

昨夜,梦见木槿花,
在满世界的西月锦绣①里。
即使冬天,也请记下春的足迹。

---

① 西月锦绣,指小说《木槿花西月锦绣》。

叠影

走过山重水复,
我在山林的岔口迷了路。
于是,
坐在山坡上,等日暮。
湖面,船轻轻飘过,
山的倒影沉醉在湖的眼波。
午后的那抹阳光,
把我的影子拉长。
山水相连,微风正暖,
岸边的树影舞斜阳。
把此刻装进记忆的相框,
留给绵长的时光慢慢欣赏。
清风打开湖的涟漪,
一圈一圈,
是柔情似水的缠绵。
重重叠叠的有那,
山和树,船和湖,
还有我的影子和夕阳。

十二月

我站在城市的十字路口,
等候岁末的钟声。
十二月,像时间的老人。
蹒跚地走来。

一年即将圆满,
多少故事如云烟过往。
我们唱遍四季的歌,轻柔或张狂。
在深冬的最后时节,
隆重地埋葬了岁初的梦想。

车水马龙的路上,
孤独躲在热闹的喧嚣之下。
尘土飞扬,
心如微尘,谦卑地看世界。

十二月的风,带着决然的冷,呼啸而过。

裹紧单薄的外衣,
将内心所有的诗,
牢牢包裹,等待温柔的手。

十二月,似沧桑的大树,
枝繁根深。
收成挂在树上,
是岁月的年轮。

窗外

请告诉我
你喜欢这窗,还是窗外的树
你喜欢树的叶子,还是树的枝
你喜欢树的春天,还是树的冬季

我对你说
我喜欢这窗和窗外的树
我喜欢树叶,也喜欢树的枝
我喜欢树的春天,也喜欢树的冬季

请画下这扇窗
用浅浅的原色
让春天的满树翠绿占满你的画框
让冬天的满树金黄跳跃明朗

请让我触摸你的故事
还有你的影子
树叶迎着阳光跳舞
一定很有趣吧

窗外变化着四季的诗意
你在窗前看风景
树在窗外看着你

树
影

树立于岸上，翘首以盼
垂于水面的叶子，渴望一次飞翔
微风拂面，和大地约好了季节
柳絮纷飞
如白雪般飞扬

满目悲凉
一如你转身的背影
树影婆娑
都是不舍的离别

世上再美好的爱情
也禁不起时间的叩问
岁月无情
用时间的河流冲淡浓情

天下所有的爱
一半欢愉一半悲伤
月亮缺了又圆，盈了又亏

照着人间所有悲欢离合

树影不分昼夜
冷淡或热烈
依恋着大地

多少故事还未发生
已经注定结局
一切既定的缘分
都是上天的执笔

当我老了

自从发现自己老了
突然伤感起来
在夜里读长长的信
思念失散的朋友

忆起儿时吃过的棉花糖
像天上飘着的云朵
亦如曾经纯净的梦想

秋天的落叶
不如春天的草地柔软
梦回故乡
总是绚烂多过苍凉

人生无数过往
死生契阔

还是情深缘浅
走过的每一程　磕磕绊绊

当我老了
就坐在柳树下写诗
并等你
把每一次靠近写进故事
留给风听

当我老了
一定在繁星点点的夏夜
守着窗前的月光
翻看读不透的文章

当我老了
穿着你送我的连衣裙
坐在海边
弹一首生命之歌
琴弦慢慢生出藤蔓
爬满沙滩

心岸

夜色安然
笼罩着冬天的清冷
朦胧的月光
摇曳一路风尘

心岸盛开着紫色的蝴蝶兰
思念悄然流入心田
淡淡的哀愁滑过冰冷的指尖
琴声穿越淡薄的空气
月色如水水如天

耳畔的缠绵
遗落于那棵古老的青藤
红尘静好似水流年
清风拂过落花时节
吹走往事如烟
不期而遇的瞬间
抖落一帘思念

记忆的永生花妆点在彼岸
夜风吹过温柔的脸庞
夜色阑珊
我用目光剪一缕月光

流云可期

LIU YUN KE QI

我知道你曾来过。
那年花开,
你在老城下等我,
唱一首老歌。

好久不见

我们相约,
在第一次见到你的城市。
那一年,桂花飘香。
小院静静地躲在喧嚣的背后,
在桂花树下,清凉的石桌旁。
泡一壶清茶,
我们约好,一起浪迹天涯。

在陌生的街角,驶过陌生的电车。
路人匆匆,奔赴不同的目标。

我想要一张地图,
看看你离我的位置。
你说,距离不在读数,
而在心灵的摆渡。

二十年，
小院清幽，桂花依旧。
你依然站在那里，
笑意满满。
只是白了少年头。

我说，
嗨，好久不见！

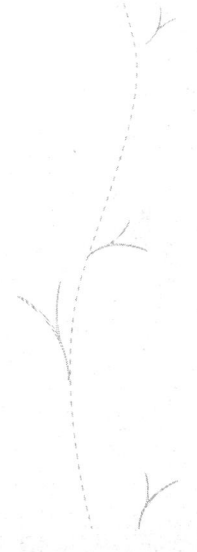

远行

时间飞快,来不及抹去尘埃。
挎上背包,
不等于你已准备好。

有时,你不是真的想去哪里,
只是,此刻,
想换一种生活的方式。

没有目的地,
只随着心情,走出去。
到一个陌生的地方,
新鲜的人和空气。
哪怕,只是发呆。

他说:你就在这里,等我。
然而,渐行渐远,
渐无书。

远处的风景是不是总是更好?

也许应该放下一切，
来一场说走就走的远行。

田野

爬上山坡,
寻找大地的边界。
心里有写不完的田园诗。

小溪清唱,
小草在风中轻轻摇摆。
远处的人家炊烟袅袅。

你长发飘飘,
在阳光的轻抚下,
弯弯的眉毛,
温柔的笑。

你说:想唱首歌啊!
没有羁绊的心。
一如田野上奔放自由的空气。
一如稻草人质朴安定的身姿。
一如大山温暖沉默的怀抱。

风一样的女子，
追着五彩的蜻蜓，奔跑。

曾经说好的，
蒲公英的约定，
绽放在希望的田野上。

老城

晨钟,
叫醒清晨,
伴着温柔的风。

鹅卵石铺就的路,
串起老城的脉络,
仿佛大地的掌纹。

斑驳的城墙,
眼里装着每一个日出日落。

我想掬一捧护城河的水,
装进漂流瓶。
古老的河是否会带走我的思念。

孤单是狂欢后的寂寥。
繁华落尽,
折翼的千纸鹤掉了满地。

远处的青山,
默默的伫立,
是老城千年不变的陪伴。

天上的云朵,
盛开在城与山之间,
安静地聆听他们的传说。

我知道你曾来过。
那年花开,
你在老城下等我,
唱一首老歌。

过客

为了这一刻的相守,
你走过山高水长。

攀一座山,
追一个梦,
迎着春来秋往。

千年前种下的因果,
长成一棵相思树。
在山顶,
沐浴着每一个晨曦。

树的倒影,
在山下的湖里。
微风过处,
吹皱一池春水。

追寻,
总是太匆匆。
一山又一山,
依依回首。

你说,情若不老,
又岂在暮暮朝朝?
可孤独的世界,
谁是谁的永久?

在这个世上,
所有人都是你的过客,
只有自己是守望的原乡。

站台

我满怀伤感,
在站台的转角处,
目送你渐渐远去的身影。

人生,
就是一首告别的诗。
挥手,相遇,
聚散两依依。

人世匆匆,
有太多不舍,
也有太多错过。

有时候,
一个不经意地转身,
就是永别。

不说再见,
因为我会一直等你。

你走或者回来,
我都在这里。

车到了,
我看见你的微笑。
风轻轻吹过,
满世界的柔和。

城市

夜色阑珊,
在轻柔地跳舞。
城市的每个角落,
有人欢歌有人静默。

晚风带着秋的萧瑟,
步履蹒跚,
寂寞地吹过。

记忆中那间花店,
开在第二个十字路口。
满满的橱窗,
漫天的紫色郁金香。

最爱那一抹夕阳,
还有夕阳下的浪漫。

牵着你的手,
站在路旁。

我们的影子依偎着斜阳。

万物静止,
只剩下心间的时光。

华灯初上,
回到这座和你有关的城市。
再见那间花店,
没有了郁金香。

往往,
错过一个人,
就走不进一座城。
秋风起,夜未央。

沉默

一杯茶,
是久别重逢的惊喜。
爱,不是随意的表达。

思念,托风告诉你。
你说,爱在内心。

秋天的童话,
是没有繁杂的美好。

我要的只是一句话。
你觉得爱是什么?

百合花,
许一个天长地久。
而往往等来的是地老天荒。

你的沉默,
我的心事,

没有交集。

爱，本是美妙的事，
却往往被错过。

一夜秋风落叶，
我在春天等你。

守候

这棵树，
还是三年前的样子。

叶子绿了黄了，
年轮周而复始。

如果爱只是一厢情愿，
那就只能愿赌服输。

我尝试在你的世界里，
找到留恋的痕迹。

无数次回首，
也换不来你的身影。

我使上洪荒之力，
只为一次爱得彻底。
却在人海茫茫中弄丢了你。

无尽的期盼和孤独的守候,
我和那棵树一起,
站成了寂寞的风景。

旅人

湖边的小船,
划着木浆。
两岸的木棉,
晚风般柔和的微笑。

你的行囊,
装着你出走的心情。

离愁是一首歌,
听懂你的人又有几个?

异乡的秋,
陌生的风吹过街头,
卷起一地的忧愁。

原来,孤独不是你在哪,
而是在哪都找不着你的他。

岸边的那扇窗,

徐徐关上。
你心里的人,
不见了方向。

每一次旅行,
带着不期而遇的愿望。
究竟要走多远,
才能换来一次近在咫尺?

藤萝绕,
万语千言。
各自天涯,
各自安好。

你好，
时间

时钟滴答，
溜走的是岁月。
分分秒秒，
曾经是最美的相约。

站在回忆的边缘，
抓不住任何瞬间。
每一次转身，
都是过眼云烟。

如果再回到从前，
你是否会更明白一点。

光阴的故事天天上演。
我以为你还在身边，
却不知被偷走的不仅是思念。

所有誓言，
都敌不过时间和空间。

多少依恋，
不经风雨随风飘落。

不说再见，
遗忘是给彼此最好的悼念。

在秋天的公园，
你的身影越走越远。
风吹叶落，
记载每一次错过。

你好，时间。
任你天空海阔。

在心间，
仍有关于爱情的最美传说。

漂泊

人生就是一场漂泊。
你知道起点,
却不知道终点。

河流大川,
四季时光,
都是你的嫁妆。

出发,
带一颗欣喜好奇的心。
憧憬一路阳光灿烂,
鸟语花香。

心驰神往,
目光所及,
都是诗画与衷肠。

你满怀欢喜,
邀清风作伴,

与日月天地同帐。

一路奔跑,
你迷失了方向。
诗情还在,
岁月忽已晚怅。

地坼天寒,
山孤水殇,
猝不及防的深渊,
黑暗让你遍体鳞伤。

一马平川,
原来只是最初的愿望。

你欣喜时,
曲折亦是旖旎风景。

你悲伤时,
良辰也会黯然神伤。

人生,是一场漂泊。

我不知道结果。
带着最初的梦想,
在路上。

漂泊,是心底的歌,
带着微笑的眼泪,
边走边唱。

深秋

我在你的眼眸里等待春天,
你却从秋天款款走来。

一地金黄的落叶,
是深秋的羽毛。
每一次飞舞,
透着绝美的萧瑟。

午后斜阳,
为胡杨打上迷人的妆。
深秋的沉静,
像读不透的诗,
和那走不完的时光。

秋风吹起,
枝头的枯叶,
静静等待大地的呼唤。
地上的落叶,
寂寞地等候同伴。

秋风不懂落叶的期盼，
就如你不懂我的忧伤。

深秋的眼睛，
纯净而深刻。
送走春雨夏至，
在岁月的长河千锤百炼，
沉寂的是迷人的离歌。

走过万水千山，
只为那满树飘零的瞬间。
我在深秋等你，
一起回到从前。

期待

仿佛盛放的昙花,
极致而短暂的绚丽。
那一刻的惊艳,
值得一生的期翼。

等候,是内心深处的独白。
我不知道花儿什么时候开,
也不知道你什么时候会来。

悠悠的心灵旅途,
期待是凄美的孤独。
思念的味道,
是带着心底的酸楚。

我所有青春时光的沉淀,
只为千里迢迢与你相见。
我半生的长途跋涉,
只想抚摸你疲倦的脸。

在梦里，百花齐放，
你牵着我走。
青山环绕的芳草地，
有久违的绿洲。

倚那扇窗，
对着明月读写给你的文章。
只有月亮懂，
期待，是甜蜜的忧伤。

月光

城市的夜晚,
亮起万家灯火。
像落入人间的繁星。

我在满天星河里,
默默等你。

你的爱,
带有海王星的气质。
渗透在夜里,
无声无息。

夜色如水,
车流在街上流淌,
流淌成银河系的光。

月亮出来了,
静静地挂在天上。
悄无声息,

润物无声。

柔和的云烟,
比羽毛更轻。
月光像恋人的手,
温柔地抚平一切。

迷人的黎明,
大地长出新芽,
开出花朵,
柔软安静。

我在月光里读你,
用你触摸不到的深情。
从深夜到天明,
仿佛千帆过尽。

陌上开花

蝴蝶为花儿停留,
小鸟为树木停留。
你,放缓行走的脚步,
为不期而遇的美好停留。

人生的路,
边走边看。
沿途的风景,
是我们脚步的伴奏。

陌上花开,
不与奇花争艳,
安静地守候你的到来。

花开的声音,
伴着恬淡的心绪,

问候每一个路人。

任何生命的绽放,
为了内心深处的自由。
在蓝天白云下舒展,
以优雅的坚定不移,
镌刻心中的信仰。

回首,来时的旅途,
每一次遇见,
都如风吹麦浪,
层层掀起记忆的涟漪。

自由是心的方向。
花静静地开,
在绵延的岁月长河里,
滋养着生命的安宁。

聚散

在车上,听你唱的歌,
每一首都恰如那刻的心情。
聚散离别的车站,
上演形形色色的故事。

在你笑意盈盈的眼眸里,
挥手告别。
站台的广播,催着送别的步履。
匆匆的身影熙熙攘攘。

人生是一场旅行,
有人相聚,有人离别。
咫尺天涯,人情冷暖,
每颗心,都装满故事。

日出日落,岁月无痕。
在灵犀相通的光阴里,
阳光照进心的海岸。
低眉浅笑,静静等待,

只为那一次花开。

爱是温柔的慈悲。
此生,愿做一只你怀里的猫,
为求片刻的温暖,
哪怕蹉跎一生。

旭日

对着晚霞倾诉,
托余晖告诉世界,
你的心痛,少有人懂。

你走的路那么荒芜,
没有意气风发,
和悠扬激情的进行曲。
一路荆棘,一路坎坷,一路颠簸。

心若静,风奈何。
心不静,万物皆休。
向岁月借一打时光,
一半买醉,一半沉睡。

理解是一壶冷酒,
没有陪伴的孤独。
人间百态,万般滋味,独自感受。

人生就如海上漂浮的孤舟,

如影随形,
是黑暗和寒冷,
以及未知的征程。

期待旭日升起,
温暖回到大地。
你依然前行,却不再畏惧。
果敢有力,由心而生。

小镇

那座土楼依然静默在溪畔。
镇口的柿子树,挂着一树金黄,
柿子仿佛少女的笑靥,
甜蜜烂漫。

在树的轮廓里,读写意的秋季。
在落日余晖里,守候旷远的夜。

夜晚清凉寂静,
拉长了小镇的影子。
深深浅浅的黑,
掩饰着小镇的寂寞。

举头望月,
月和云一同跳曼妙的舞。
光与影的交融,
剪影是填满抽象的画布。

月华笼罩着小镇,

如嫦娥轻柔的面纱。
月色朦胧,倾泻而下,
和小镇说着悄悄话。

小镇睡了,
没有喧嚣的离尘,
是梦里的家。

不期而遇

我用圣洁的虔诚,期许。
与你,不期而遇。
有流云,有日落。
在那条鲜花盛放的小路。

远山连绵起伏,
如不见边际的思绪。
那满怀深情的怀念的忘却。

五彩缤纷的梦在期望中遗落,
日子拉长了等待的孤独。
是不是期望的时间太久,
忘记了最初的温柔。

思念成疾,蜗居在心灵深处。
不轻易触碰,

却在不经意间,蜂拥而出。

步子和心一样徘徊,
来来回回,举棋不定。
煎熬的每一刻,
把每一秒过成世纪。

相逢是首歌。
不期而遇,是歌里的故事。

最美好的情愫是等候的路口,
小路曲曲, 没有遇见,只剩期许。

在路上

列车缓缓地开，与这座城市，
和窗外的景，依依惜别。
奔波是生命的状态。
在路上，在路上。

你站在窗前挥着小手道别，
距离模糊了你的脸，
我却依稀看见你眼神里的依恋。

莫名的伤感包裹着前行的脚步，
拖着沉甸甸的不舍，
走进纷繁的旅程。

不知你小小的心，
是否能懂得妈妈的奔忙？
你说你最喜欢的是怀抱，
你说你更期望的是陪伴。

可是相聚总是太短暂。
你知道吗?
抱着你的瞬间,
也是我不想放手的永远。

人生就是一场修行的历程,
有太多无奈和必然的承担。
最远的路程要自己去走,
最美的风景要自己去看。

感谢你带给我生命最本真的喜悦和爱,
你纯净的眼神让我陶醉,
你温柔的小手给我力量。

前行,带着未知的迷茫,
但窗前永远有你期盼的目光。
宝贝我会小心揣着你的思念出发,
不孤单,在路上。

如果

冬天到底来了,
枯枝伸着懒腰,
在清冷的风里定格萧条。
寒风凛冽,
内心深处的孤独一点点释放,
像街角的落叶,没有方向。

如果,心已冷,
如果,暖阳已西沉,
我拿什么拯救我的梦?

如果,冬天从此变得漫长,
如果,冰凉的河走不出彷徨,
我将怎样分辨前进的方向?

路有涯,心无涯。
如果梦想无处安放,
要不要任她流浪?

少有人走的路,一片荒凉。
星空下的旷野里,举目四望,
我在等候,每一个路人不同的远方。

这样，
很好

静静地坐在窗前，
静静地想你。
这样的日子，很好。

外面的世界很冷，
我在房间里偷偷享受温暖。
这样的日子，很好。

奔忙后的一杯茶，
看茶叶在水里翻滚，
生机盎然的样子。
这样的日子，很好。

有远方的牵挂，
有心心相惜的依恋。
有奋不顾身又深邃的爱。
这样的日子，很好。

有奋斗的方向和无畏的勇气，

有伙伴和爱你的家人。
这样的日子,很好。

草长莺飞,来日方长。
把日子过成一首长情的诗,
这样,很好。

黑夜

窗外夜色深沉,
静默着喧嚣后的城市。
夜空中,星星寂寥,
没有几颗,
像黑夜的眼。

异乡,总能让人心生寂寞。
陌生的风,陌生的人,陌生的夜。
点一盏灯,泡一壶茶,
在窄小的世界,寻找奔波的快乐。

黑夜说,他在等待黎明。
夕阳说,他在等待星星。
每一个守候,都是彼此交换的喜悦。

黑暗,像无边的网,没有边界。
撒向世界寻找光明。
世界说:我一无所有,为何给你安慰?

漫漫,是行者的心情。
守望的天空,迎着朝霞满天。

晨星

夜空,突然生出柔情。
我们坐在月亮的影子里,等晨星。

冬天的白昼更短,给了夜漫长的理由。
时间如脱缰的野马,在漆黑里狂奔。
数不清的张牙舞爪,是夜的身影。

想点一盏孔明灯,
装着写给星空的话。
在冬夜里放逐的心事,
说与谁听?

寒风凛冽地吹过,
月光的温暖那么稀薄。
晨星还在云端睡吧?
忘记了黎明。

乌云脱去了繁重的外衣,
晨光熹微,

蒙蒙的光亮,沉下又浮起。

终于,在久远的遥望里,
看见眨着眼的你。
天亮之前最亮的那颗星,
冉冉升起。

冬天的夜空,
冰凉的时间里,
我终于等到,
苏醒的你。

那一年

冬末的冰寒
在溪水潺潺中远去
我们的青春
踩着岁月静好的年轮
在昨日不再的低吟里翩然起舞

那一年的春雨
连绵不绝　轻柔地落在脸庞
和着思念的泪珠
十年若梦　恍惚瞬间
你的身影已走出梦里的心窗

回忆某一个黄昏　残阳如血
云朵浪漫地等着风月
那依稀期盼的眼神
像突如其来的梦醒时分
爱过痛过　内心依旧清纯

在繁花似锦的柔情里
遇见你一生之恋
绽放星辰满天
把承诺托付给银河
许下悠然绵长的永远

梦想　是否不辜负时间
年少的你在路上跌跌撞撞
回首青葱往事
多少曲终人散
幸福的光景　把曾经的温暖照亮

告别

异乡的街,
在飘摇中模糊了世界的温度。
风雨不期而至,
于是,红的红,绿的绿,
枯黄的叶子,一地狼藉。

从枝头飘落,
树叶完成生命的最后一段旅程。
萧萧叶落,
是树对大地的承诺。

我站在梧桐树下等你。
冰凉的雨和梧桐叶一起落在肩上,
像久违的朋友,给寂寞温柔地陪伴。
守候,是爱情的期待。

你来,我陪你一起读冬季。
你走,我在目送中写下诗句。

风雨中,
我选择一个人的沉默。
爱情走了,没有留下痕迹。

诗心

坐在沿街的窗前,
灯火微微,
点亮你欢喜的样子。
目光所及,一往情深。

一杯茶,
把市井的喧嚣过成诗意盎然。
窗前的河水流得很慢。
你安静的样子,甜美如画。

诗心是内在的自由,更是对尘世的善。
过往的故事,无需用词语追赶。
静静地坐着,静静地看你。
时间正长,人生漫漫。

默默守望的淡然,比浓烈更加绵长。
我们守着内心的安定,把爱深藏。
一曲心歌,听懂的人一个就够。
以诗作船,顺水向南。
千山万水,一路相伴。

收获

午后的阳光透过窗纱,
惊起光影的层层涟漪,
那夺目的光,
照亮世界之门。
生命里最昂贵的收藏,
是那份永不退却的坚持。

微风吹拂,
仿佛少女明媚的舞。
俯仰之间,心灵寂静。
最美的心动,在舞姿里绽放,
随心而动的,
还有对快乐本真的执着。

人生的每一份经历,
汗水或微笑,
幸福或苦难,
都是弥足珍贵的收获。

让一切美好都归于圆满,
缘深缘浅,都是生命的标签。
携手同行的诗,写尽慷慨激昂,
岁月必不辜负成长。

修行

飘落的雪如此寂静
整个世界在梦里聆听
踏上征途
用期待掀开夜的黑幕
东方渐白

我把静默还给大地
在风雪里等候渡我的船
人生的修行
包括任何愉悦和磨砺

心是隐形的翅膀
你若想飞
只需看轻自己
卸下任何沉重的伪装

太阳渐渐升起
温暖大地
新生万物和你身心一样坚定
无论风雪和雪后你深深的足印

看
你

喜欢坐在窗前看你
在柔软的光线里
清晨的雾气
给树打上一层朦胧的纱
你在树下安静地发呆
美好的忧伤或疲惫

白天　像首散文诗
我在字里行间读你
却怎么也看不透你的心事

逃离沉重的雾色
太阳冉冉升起
树影疏离
目光在忽然的温暖里相遇
在心灵的交集里
拾起一地温柔

晨光清明

我看到了自己
在风中　在雾里
我坐在窗前
静静地看你
心若放晴　何惧风雨

如果再见

风吹皱冬夜的寂寞
将红尘深处的故事翻开
往事淹没于茫茫眼波
承诺只是一个美丽的传说

凤凰花开的路口
那年初见
满树繁花似锦
那晚的月光如梦
你为我许下满天星辰

人生的河流时满时枯
半世漂泊
依旧难忘初识的心动
和那灿若繁星的笑容

如果再见
是否还记得那流光溢彩
碎了一地的记忆
是否还有风华如昔

出发

朝露遗落一地枯黄
仿佛孩子晶莹的眼泪
唤醒一天的远航

旧事前尘
踏着霞光
用虔诚迎接天亮
万物一一苏醒
窗外的野菊花张着笑脸
期待阳光的沐浴

三角梅带着宿夜的疲惫
有的静默地开在路旁
有的野蛮地爬出矮墙
紫色洋溢着梦幻
陪伴过无数路人的匆忙

孤独的渔船靠着岸
向海水诉说衷肠

陈旧的船舷
凝结着多少颠沛流离

一曲离殇
出发是心的启航
静倚窗畔
望不尽天涯
数不清漂泊的岁月
再出发
抖落昨日的牵绊

出品人：许　永
责任编辑：许宗华
特邀编辑：雷　彬
封面设计：海　云
内文设计：石　英
印制总监：蒋　波
发行总监：田峰峥

投稿信箱：cmsdbj@163.com
发　　行：北京创美汇品图书有限公司
发行热线：010—59799930

创美工厂
微信公众平台

创美工厂
官方微博